CB063440

Pandemônia

Silvia M. Lobo

Pandemônia

Fotos
Leonardo Lobo

Arte Gráfica
Simone Lobo

2020 Editora **Labrador**

Copyright © 2020 de Silvia M. Lobo
Todos os direitos desta edição reservados à Editora Labrador.

Coordenação editorial
Pamela Oliveira

Projeto gráfico, diagramação e capa
Simone Lobo

Assistência editorial
Gabriela Castro

Fotografia
Leonardo Lobo

Revisão
Andressa Bezerra Corrêa

Dados Internacionais de Catalogação na Publicação (CIP)
Angélica Ilacqua – CRB-8/7057

Lobo, Silvia M.
   Pandemônia / Silvia M. Lobo ; fotografias de Leonardo Lobo arte gráfica de Simone Lobo. – São Paulo : Labrador, 2020.
   48 p. : il.

ISBN 978-65-5625-076-2

1. Contos brasileiros 2. Fotografia 3. Cães – Fotografia I. Título II. Lobo, Leonardo III. Lobo, Simone

20-2752   CDD B869.8

Índice para catálogo sistemático:
1. Contos brasileiros

EDITORA Labrador

Editora Labrador
Diretor editorial: Daniel Pinsky
Rua Dr. José Elias, 520 – Alto da Lapa
05083-030 – São Paulo – SP
+55 (11) 3641-7446
contato@editoralabrador.com.br
www.editoralabrador.com.br
facebook.com/editoralabrador
instagram.com/editoralabrador

A reprodução de qualquer parte desta obra é ilegal e configura uma apropriação indevida dos direitos intelectuais e patrimoniais da autora.

A editora não é responsável pelo conteúdo deste livro. A autora conhece os fatos narrados, pelos quais é responsável, assim como se responsabiliza pelos juízos emitidos.

Ao Universo, que engloba todos.

"Enquanto todo mundo espera a cura do mal
E a loucura finge que isso tudo é normal
Eu finjo ter paciência"

Lenine e Dudu Falcão

Era uma vez uma mulher moderna, que, como tantas outras, trabalhava fora, viajava, saía com seus amigos, cuidava da família, estudava, malhava, lia livros, enfim, VIVIA!

Em 2020, o vírus Covid-19 se espalhou mundialmente, contaminando milhões de pessoas. Os governos, visando frear o contágio, fecharam o comércio e exigiram que as pessoas se mantivessem em casa.

Nos primeiros dias da quarentena, achando que tudo aquilo não demoraria muito tempo para acabar, até que não foi difícil.

Mas meeeeeses foram se passando... Comércio, academia e faculdade fechados! Longe dos amigos, enclausurada em casa, foi começando a dar um aperto no peito.

Comecei a fazer coisas buscando o equilíbrio dentro de casa: estudar e aprender coisas novas on-line foram opções para o tempo passar mais rápido.

Uma das coisas que fiz muito e que ajudou a me equilibrar foi LER.

Tocar violão distraiu bastante a minha cuca.

Sem poder ir à academia, tive que aprender a malhar sozinha. Até comprei um jump!

Se eu me sentisse muito enlouquecida, entrava de cabeça no macramê. Trançar aqueles fios desembola nossa cabeça.

A praia fez tanta falta que eu até sonhava com ela! Correndo na areia, o sol batendo na minha pele, o gosto da água salgada do mar...

Sem poder sair de casa, me restava colocar minha canga na varanda pra tomar um solzinho... Praia na quarentena é assim.

Tem coisa MELHOR nesse mundo que amigos? Como senti falta deles... Só podíamos nos falar por videochamada. Queria o carinho, os abraços e os beijos.

Ficar sem namorar também não foi tarefa fácil!
Saudade louca de beijar na boca!

Ir ao salão pra pintar o cabelo, fazer hidratação e escova?!
Quase enlouqueci tendo que disfarçar os fios brancos.

E minhas idas à manicure? Credo, a sola do meu pé estava grossa e as unhas, quebradas e cheias de cutículas!

Eu me sentia muito sufocada com **TUDO** que estava acontecendo.

Viajar? Antigamente, viajava toda semana...
A ansiedade do antes, a surpresa do durante, o cansaço
feliz do depois... Tudo isso pausado na minha vida!

Ao sair de casa era **LEI** usar máscara para diminuir o contágio do vírus. Nada mais incômodo nesse mundo!

Presa com a família dentro de casa,
não faltaram tempo e motivo para algumas DRs.

Teve tempo para fazer política também:
bater panelas, xingar o governo, extravasar.

Pensar em todas aquelas pessoas doentes ou mortas me dava uma tristeza imensurável!

E se a realidade estava difícil de engolir,
com um vinhozinho tudo descia mais redondo...

Quando a quarentena não me dava forças para sair da cama, o jeito era ficar nela mais um pouco.

Para que se maquiar, se empetecar, se arrumar tooooda, botar aquele sapato pink, se a gente nem saía de casa?!

Quando a solidão e a carência batiam
à porta, eu mandava nudes.

Houve dias em que achei que o TÉDIO me consumiria...

Surtos psicóticos ocorreram, confesso.

Tédio, tédio, tédio.

Eu só pensava em rua, só queria rua! RUAAAAA!!!

E quando a gente achava que tudo ia começar a voltar ao normal, o governo prorrogava de novo a quarentena...

Quando o frio chegou, não ficou melhor.
ODEIO o frio!

Não! Claro que não engordei na quarentena!
Esta roupa que encolheu quando lavou.

Só torcia muito para que TUDO passasse logo e que todos conseguíssemos tirar algum proveito daquela loucura que estávamos vivendo.

Não fazia ideia de quando esse isolamento iria acabar...

Eu queria enxergar o futuro! Saber quando seríamos **LIVRES** novamente.

E o futuro? É poder voltar a ser **LIVRE**, mas enxergando a vida com outros olhos.

Agradecimentos

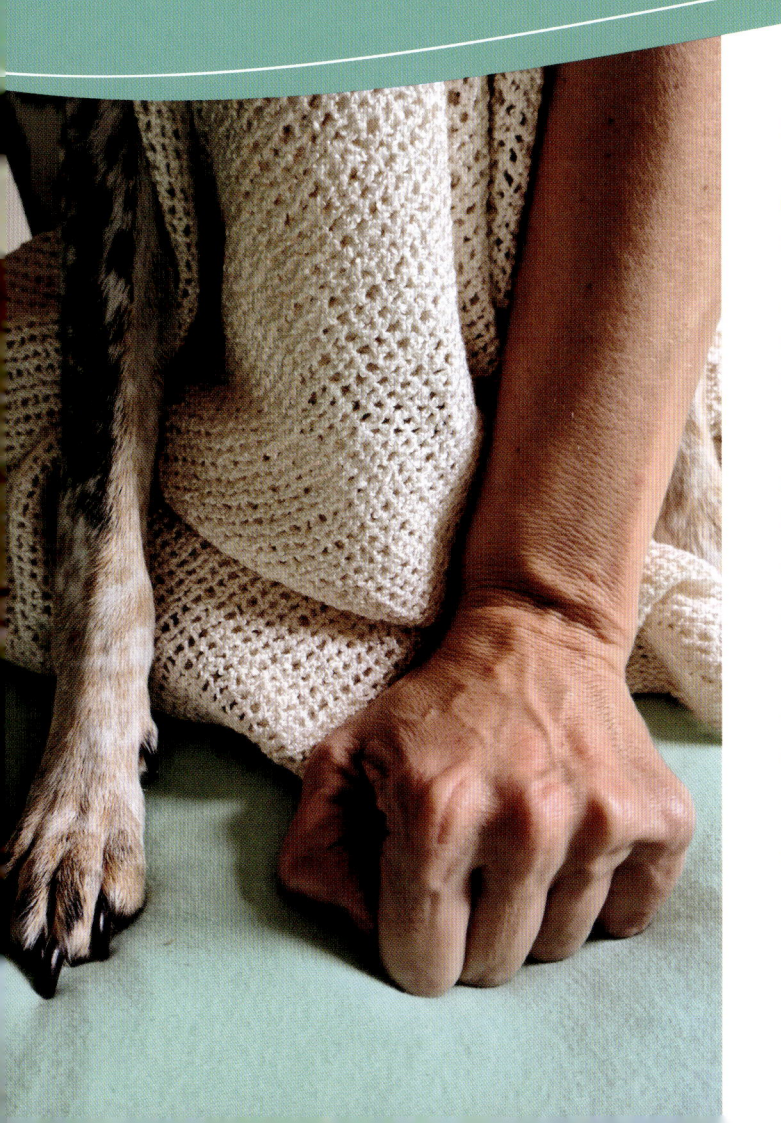

Sansa agradece a:

CLÍNICA VETERINÁRIA CLINICÃO
(Contato: 2453-3544)

A toda a equipe do dr. Lourenço, muitíssimo obrigada por sempre me atenderem com muito carinho, competência e dedicação.

ADESTRAMENTO CANINO – Allan Lopes Quintão
(Contato: 96415-6838)

Por me ensinar a ser uma dama na sociedade, agradeço muito ao meu professor.

HOSTESS CANINO – Alessandra
(Contato: 96409-4004)

Todo carinho do mundo nessa hospedagem. Às vezes, nem quero voltar pra casa...

LEONARDO LOBO

Nasceu em 2006, adora ouvir música das antigas — como Elvis Presley e Frank Sinatra —, joga vôlei, curte demais a história do mundo e se interessa por política. Também é dono de vários cachorros, dentre eles nossa protagonista Sansa, de quem tira fotos incríveis.

SANSA LOBO

Sansa é uma cadelinha vira-lata incrível, que conquistou o coração da família Lobo. Carinhosa, meiga, carente, brincalhona, ela é o foco principal das fotos do Leo.

SIMONE LOBO

Carioca, designer gráfica, mudou há dois anos para a região serrana do Rio de Janeiro, em busca de um lugar tranquilo para viver. Mexer no jardim, fazer trabalhos manuais, praticar yoga e meditação foram fundamentais durante a quarentena em casa.

✉ silobo@lozuca.com.br

SILVIA M. LOBO

Mora no Rio de Janeiro. Sempre gostou muito de ler e de cuidar de plantas, principalmente orquídeas. Na quarentena que isolou o mundo inteiro, como toda mulher e mãe, ela achou que enlouqueceria, presa dentro de casa.

✉ silvialoboleo@yahoo.com.br
◙ @silvia.lobo.752

Esta obra foi composta na fonte Rancho 24 pt e impressa em
papel Couché fosco 115g/m² pela gráfica Viena.